鄉狼金桃／張天捷 著

「double pillow without you, feel lonely。」

枕邊推薦

路嘉怡／（作家、藝人）

「該死的張天捷，如果有來生，我定千方百計找到你，只為成為你綿綿情話中的女主角。」

Gigi／（藝人）

「他應該是全世界最能把女人逗樂的男人了！不會、不行、不能的男人們，還不快看看！」

史丹利／（作家、Gigi之夫）

「這是一本戀愛女生看了甜蜜蜜，已婚男子看了會想哭泣的書。」

大A／（作家）

「他這樣寫愛情，會讓很多男人很難做人。」

貝莉／（作家）

「於是我把這本書送給了一位男孩說，看完了才能追女生啊，後來我們就在一起了。」

聶永真／（設計師）

「紀咧狼洗災係屋病。」

敷米漿／（作家）

「他的情詩是男人的秘笈，是女孩兒心中甜滋滋的馬卡龍。」

自序

「鄉狼金桃就是雙人枕頭的意思，也是人類學上一個始終讓人無法解釋的迷離現象。這個行為模式，超越了生理上我們被創造只有一顆頭的設計。」

「為什麼會開始寫愛情？」

「這可能跟年紀有關，我跟每個人一樣，始終都在找尋自己的存在意義，只是世界變了好多次，我也隨著時間改變著。在過程中，我有的時期找到了自己，有些時期失去自己，一直這樣重複著。」

「後來我發現，其實世界也一直存在著，而且並不是為我存在。事實上，大多的時候我在找的卻是自己在這個世界存在的具體證據。」

「書裡面有18張圖，每張圖是一個基本的幾何形狀，但是仔細看，每個形狀的存在都有一個極細微的偏差。存在，是自己一個人很神經質的事，大概就是幾個像素，不是一種很容易察覺的偏離。」

「那愛情和世界、存在，有什麼關係？」

「因為愛是唯一可以讓世界更好的可能。大概是這樣，出現愛情、愛自己、愛別人、希望被你愛的人活得好、努力把世界整理得更好，因為愛得自私、我們既享受了自私存在的天性、世界也變得更好。」

「一個人，
妳可以決定自己什麼時間要吃什麼，
只是妳沒有人可以說，
妳不喜歡吃什麼。」

早餐／還是我是 Chiung Yao

「我不知道我不知道。」

「我已經分不清楚，
我到底是喜歡吃蘿蔔糕，
還是喜歡跟她一起吃蘿蔔糕了。」

關於睡覺／

「有一天，她從她家離開她的床，然後決定以後到我的床上睡覺。」所以我剛剛看她踢被子就幫她蓋好，這是我的責任。

內容、一／

「我要睡了。」

「妳睡吧，我也會比妳先醒，
就像我們第一眼看到彼此就知道的，
妳遇到我之後就不會，
再一個人自己結束或開始任何一天了。」

一個人／

「妳在浴室啊。」

「對啊，怎麼了。」

「喔，我剛在沙發上睡著，醒來以為只有我一個人。」

「你沒事吧。」

「沒事，妳在就好，

好險我只是在客廳一個人，

不是在這個世界上一個人。」

日常的洗碗／

「你碗洗好了嗎。」

「我掛上電話就去洗，董事會剛通知我會增加十億的投資，我聽完秘書跟我說文件我要簽哪裡就洗。」昨天不該偷懶的，愛情其實就是簡單的一件小事，就是堅持著細膩的重複看顧細節，誰不洗碗也就是幾乎背叛愛情，就算我能控制整個集團，也不能對愛情這件事掉以輕心。因為我們都曾經只有一個人，真是太可憐了，一個人就算昨天晚上我的泡麵要加兩顆蛋，今天早上不洗碗，她還是因為不知道我存在，甚至或許她是在愛著別人沒有在我旁邊愛著我。

「你那時候怎麼會想追我，你又不認識我。」

「我沒想過是要認識妳，就是那天早上我看到妳，發現妳是我的，但是不知道妳怎麼會掉在那裡，然後我必須趕快把妳帶回家。現在回想起來，好像是每個人一出生就都在找回自己掉了的東西，理想、愛情、有的時候甚至不知道自己在找什麼，我想，我只是很幸運。」

「如果照你這樣說，我要是那天沒被你找到，我就是掉得太角落了，還不曉得要晾在哪兒多久，搞不好就真的是一直掉了。」

「不會，你不要擔心，

每一個人都有一個人在找，

沒有任何人的存在是為了一個人被溺死在人海裡的。」

初戀／

「說真的，我是你第幾個女朋友。」

「初戀，

我認識妳之後才知道，

原來這就是愛情啊。」

「你有想過或許不是我嗎，搞不好我是別人的。」「不許妳胡說，我光這樣聽就心痛了，更別說是這樣想。」我衝了出去，下了樓，上了一台計程車。「先生要去哪裡。」「你就一直往前開。」我必須要中斷那個恐怖的想像，一個不是我們兩個人的故事。

孤單的大便／

只是人們都還想問「愛情和麵包哪個重要。」「其實麵包從來不是選項不吃會死，所以連麵包都根本沒要給你選。」

「如果沒有愛情，
那就是一個人白吃麵包，
再好吃的麵包，
也只是產生了，
明天那條和你一樣孤單的大便。」

男孩／還是我是Zhang Ailing

「男人的心裡永遠都住著一個小男孩，
後來那些男孩遇到一個女孩，
大部分就都變成白痴了。」

雷雨／還是我是 Xu Zhimo

「愛情總會讓我們相遇，
就算穿越天涯海角。
直到阻隔我們的空間，
沒有辦法避免，
放屁的聲音穿過廁所的門。」

「一個人，妳可以像一隻小鹿一樣。自由的狂奔在自由的草原上，然後不管跑多遠，都還要自己跑回家。」

「或算了。」

小腹／

「在她們的小腹裡，
都困著一個生氣的十八歲少女。」

「不可以阻止變厚，
阻止了在海灘奔跑愛情的可能。」
「浪漫，
結束。」
「搔癢、追逐，被愛情抓到。」
「抱著轉一圈，
不可能。」
「啊。」
「甜點掉到地上了，彎腰去撿吧，還可以吃。」
「喔。」
「對折，
困難。」

「如果風太大，
感覺不到無助的輕輕的靈魂。」
「小腹，
太重。」

「逆風。」
「眼睛噴水，
在草原上。」

「突然，」從後面被環抱，
「幸福被驚嚇趕走。」
吸口氣，
「不要讓他的手沒入了，
肉。」

可以完全感覺自己側睡了。
碰到床的小腹和同時垂下的是，
十八歲剩到現在，
「的眼淚。」

背心馬尾夏日戀情的陽光，
「彎腰的時候。」
和青春不合的那些層次，
「尷尬。」

愛情，
「一種想要維持飢餓的感受，
好想再吃一口甜的，
脆弱自責。」

心房／

「我是不是胖了。」

「妳不要這麼說，好多年前我第一次看到妳的時候，就覺得妳太瘦了，瘦得讓人擔心。我這幾年才覺得妳長了些肉，長得好適合，好好看。我一直自己偷偷的喜歡著，我真幸運，過了這麼多年，我得到的女人可以比我得到妳的時候還美麗。」

「我想減肥。」

「妳閉嘴，妳給我吃，那些想瘦的人都是白痴。我得到妳的那天就得到幸福，妳變成二倍，我就得到二倍的幸福，妳懂嗎。」

「兩個人在一起了，走進原本各自獨立的心房，那個房間其實是個餐廳的包廂。你看那些在公共空間裡吃的人，多害怕，什麼都不敢吃。在包廂裡，那是我們兩個人的世界，我們看得見他們，沒人看得見我們。不需要勇敢，沒有恐懼，的吃進嘴裡吃進肚子裡吃進心裡。手裡面什麼都不再緊張的握著，盤子裡什麼都不再傷心的留著，再撐也還要再撐，再點甜點，愈甜也還是愈甜，吃到巧克力糖漿什麼的都因為我們的幸福融化了，裝不下了的穿過了胃，直接流到小腹裹覆了贅肉還是無所謂的因為明天還是我們，的繼續吃。不用這個世界覺得胖的人可憐，好像是這麼說的：愛情確實是一種飢餓的感受，愛情當然是真的，但是身體脂肪量較少的單身女人更有接近愛情的可能。然後，遇上愛情了，轉身逆風，報復幸福，吹著滿身的肉稀哩嘩啦的就像結婚禮服一樣到處飄散。」

單身是一首詩、一／晚上妳跟自己說完話睡著了嗎

「好晚了。」「妳該睡了。」「好，但是還睡不著。」「那妳再醒一下好了。」「那妳明早要叫我。」「好，不如我現在幫妳先設定鬧鐘。」「我們先加條毯子吧以防待會兒默默睡著。」「好啊，這樣比較安心。」「我愛妳。」

單身是一首詩、二／早上妳跟自己說完話出門了嗎

「妳要吃什麼。」「好。」「妳今天要不要早點回來。」「要。」「我穿哪一件好看。」「好看。」「出門嗎。」「走吧。」「愛不愛我。」「我愛妳。」

物質／

「我在逛街，你有沒有缺什麼。」

「沒有，只要妳逛完晚上回家了，我就什麼都不缺了。」

是之前／

「早安，我愛妳。」

「我也愛你。」

「你看到我第一眼就愛上我了嗎。」

「其實不是，我看到妳才知道，我沒遇上妳之前就愛著妳了，那是天生的事，只是之前妳一直沒有到我的身邊也愛上我而已。」

「一個人，
妳有可能在早上被閃電擊中，
也有可能早上沒有被閃電擊中。」

噓／09：35pm

「你以後洗碗不要再用那麼多洗碗精那麼多水了。」「可是我……」「噓。」「覺得……」「噓。」「這樣……」「噓。」

「好療……」「噓」「癒……」「噓。」「妳……」「噓。」

「想吃……」「噓。」「冰淇淋……」「噓。」「嗎……」「噓」

「我去買……」「好，我要草莓的。」

噓／09：35 am

「我……」

「噓。」

「妳不要說話，先不要起床。」

「妳有聽到嗎。」

「什麼。」

「空間裡面都是我愛妳的聲音。」

先這樣／還是我是 Zhang Ailing

「不要急著去旅行，
你一個人，
只會害那個地方變得更寂寞而已。」

棉被／還是我是Xu Zhimo

「不要急著買被子。」

「冷，
是因為你的被子裡沒有我。」

馬景濤／

「愛情！我對不起你！」

「因為！

我娶了我最好的朋友！」

該死的／還是我是 Chiung Yao

「我有一個秘密花園，
每天澆水、呵護，
就是希望你來看花的那一天，
覺得喜歡，
把它們全部採光，
我就不用再照顧這些該死的花了。」

是你、一／

「你好，我能幫你找什麼嗎？」跟她早上在書店看分開了，我只能一排一排的書櫃找她。店員看我一直找，就問了我。「沒關係，我在找她。」「女人就是該等著你們找到嗎，我們就是這樣一個人一直等一直等嗎，我們就活該害怕沒人找到嗎。」店員說完哭著就跑開了。

是你、二／

「你好，請問幾個人。」「我們二個人。」店員接著問我們身後進來的客人「小姐妳呢」「一個人。」「那麻煩妳等一下。」「我就是一個人可以嗎，我不想等了，我不知道什麼時候才會遇上他，我不知道我什麼時候才會二個人，我只是半夜想陪自己喝杯咖啡都不可以嗎。」轉身她走了消失在滿滿是人的街上。

包子的婚紗／

「如果世界上有一顆包子是女人，
就會，
有一席美麗的婚紗是給包子穿的。」

我在／

「我在。」
「你不知道。」
「我不在。」
「你不知道。」
「就算，我說再見。」
「你也不知道。」

「一個人，
妳一個人睡著，
醒過來，
還是一個人。」
「在這滿滿是人的世界裡。」

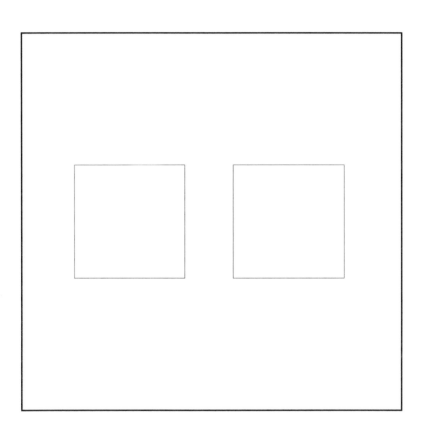

少女體／

「聽說，少女一個人，最多都只活到三十歲。」

「大約是，

十八萬次的不說再見、
六萬次才剛在人海的岸邊他幫妳擦乾的頭髮、
二十萬次一起吃的早餐、
一百萬次一個人在廁所坐多久都沒人催的妳、
一千二百萬次一個人半夜上廁所的黑、
三十五萬次被表的白、
八萬次暗著他的戀、
五十萬次大雨的浪漫、
四百萬次忘記哄自己就不小心的睡著、
二十三萬次忘記叫自己起床自己竟然的醒了、
十九萬次一起抱著的不冷、
四十萬次心跳到了谷底降到零下幾度的C、
五十二萬次繞路不想再走過的街角、
三十三萬次不夠大的棉被、

八百萬次的我愛妳、
五萬次又有一個心疼妳的人、
七百五十萬次又留在昨天了的昨天、
三百五十萬次又勇敢了的今天、
八十六萬次全世界又只剩自己的一個人、
三十萬次風一吹到眼睛就噴了的水、
七十萬次又一直吃不能一直吃的吃、
三百五十萬次感覺地球不停旋轉的頭暈、
四十八萬次換回了一套女孩花紋的床單、
六十五萬次覺得自己又重了的秤、
五萬次看流星沒有擊中的地球、
一萬次彩虹從兩端中斷的散掉、
六十萬次又間接飄過妳跟另一個人的雲、
七百五十八萬次沒有被等著的回家的吃飯的睡覺、

二千五百萬次變成了不是陌生的人、
二千五百萬次又變成陌生的人、
九十二萬次習慣了新的習慣，
八百零三萬次就算只有自己也是還要穿過同一條的馬路。」

一次「妳願意嫁給我嗎，
的好。」

對白／開始

「你今天早餐要吃什麼。」「吻我不要問我。」

對白／然後

「你知道現在幾點了嗎。」「我不知道，我只有妳不在旁邊的時候會數時間。」

對白／說完

「你想去哪裡嗎。」「我們抱在一起吃零食看電視整天好不好，我已經在幸福的終點了，不是那些要藉著去哪裡，用美麗景色試著慌張的填滿自己空蕩靈魂假裝幸福的那些人。」

對白／沉澱

「你在想什麼，一個人看著窗外。」「我在想，下輩子遲早會開始，我真有點害怕到時候怎麼再找到妳。好緊張喔。」

慢跑、一／

「晚了，
出去跑吧。
跑一跑，
全身的淚就都排出來了就好了。」

慢跑、二／

「飯可以二個人一起吃，電影可以二個人一起看，流星可以二個人一起指，但是沒人看過二個人抱著一起跑步。所以只要慢跑著，一個人存在就是合理的。」

郭富城／

「你好，妳好。」

「你好，你好。」

「歡迎你們來，那這位是你的……」

「喔，她是我的巧克力。」

張學友／

「剛傳給你的相片看了嗎。」

「看了。」

「那双鞋會太貴嗎。」

「不會，而且妳買回來我還會送妳紅色玫瑰。」

「為什麼。」

「因為妳最珍貴。」

「一個人，
妳好像忘記今天是什麼紀念日，
然後，自己嚇一跳。」

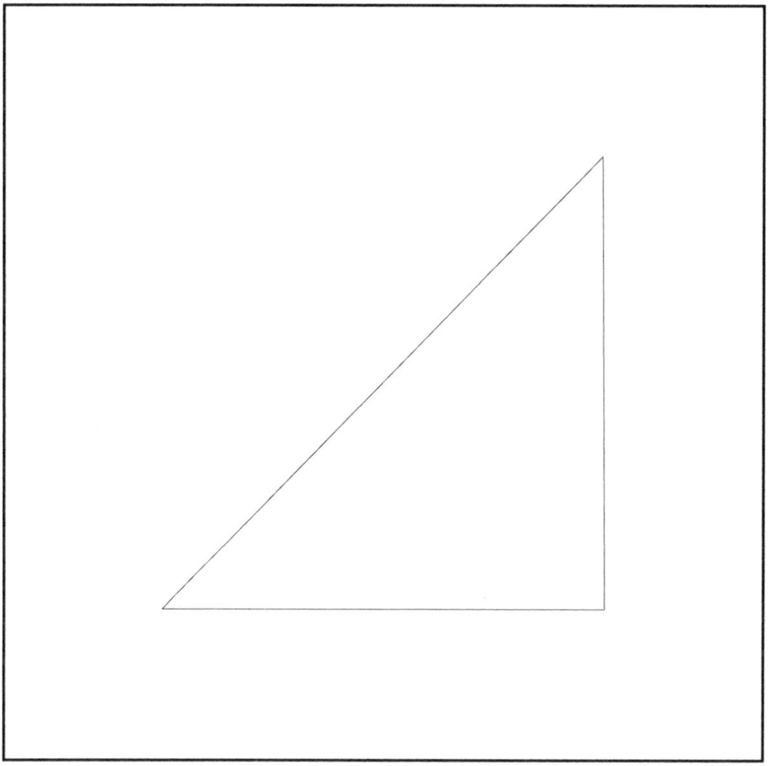

女人好可憐，她們放屁不好笑／

「她們如果晚睡又要早起上學，
她們是女生要穿婚紗還要等人家求婚，
她們長髮側分很難乾。」

「她們都要一個人在秘密花園裡如果怕颳了風，
她們被愛了就要搬去別人家住一輩子，
她們本來就不怕寂寞還只好靠著你幸福。」

「她們喝醉就會變成喝醉的女人，
她們房間亂了就變成房間亂的女人，
她們就因為分手就要又變成原本好好的自己一個人。」

「她們如果煮飯就是女人，
她們如果遇到你就要嫁給你，
她們生氣還硬要生你的氣。」

「她們比你勇敢但是又要去愛你，
她們如果淋雨頭髮就會變很醜，
她們如果傷心就不能分心的一直想到妝花了。」

「她們還要應付其它女人，
她們如果沒有你日子要怎麼過，
她們又哭了妝又花了。」

「她們明明沒有生悶氣只是自己安靜一下，
她們放屁不好笑，
她們晚回家看月光還要怕危險。」

「她們開心了穿著裙子跑步又跑不快，
她們沒有自己的時候會很無聊，
她們熬夜比較醜。」

「她們偏偏會一直長大，
她們光腳都美麗還要穿著高跟鞋，
她們如果自己一個人獨立了就會變瘦。」

「她們做自己只要吃甜點就幸福了很無聊，
她們原來的樣子你一開始本來都喜歡，
她們天生就不怕寂寞。」

「她們的那個秘密花園沒有入口沒有出口，
她們一直都是穿緊身慢跑裝慢跑，
她們天生有勇氣所以被迫自然堅強。」

「她們偏偏會十八歲一次，
她們都一定會結婚或沒結婚，
她們不是離開就是在一起。」

「我想不通，
我怎麼會敢跟她說，叫她愛我。」

蚤子／還是我是 Zhang Ailing

「生命是一席華美的袍，
上面爬滿了蚤子，
但總會有一隻穿過了布料，
爬到你的身上，
咬你一輩子。」

「是我，穿過了布料，爬到妳的身上，
咬妳一輩子。」

妳／

「週末了陪我去買衣服。」

「不了，

我很不喜歡，

妳自己去好了，

因為那些衣服總是遮住妳，

我喜歡的是妳。」

購物／

「我想買這個。」「好。我一直最怕生活被金錢被物質控制了，會讓我失去一切存在的自由。但是有妳真好，妳的美麗妳的存在，讓這兩個惡魔成為了襯托妳的奴隸。

妳讓我想當一個更好的男人，
能在世界上更努力工作，
成為更有用的人，
妳釋放了我的自由。」

妳的我的／

「我要換衣服了，雖然嫁給你，你還是先出去。」

刷

啪

啪

啪

啪，我一聲不吭就把她身上的衣服撕光在鈕扣還沒落地的時間裡轉身離開。

「妳不要誤會我沒有要冒犯妳，
我只是不想，
妳還有妳是屬於妳自己的這種想法，
那是很傷心的一種生活方式。」

喵的／

午夜之後，空蕩的街道，沉睡的現實，「我們都在追逐和自己的夢堅持著不想擦身而過。」

「喵的。」

「整個世界只聽見我的心在跳，喵喵喵。」

「一個人，
妳可以發一張合照到臉書，
然後愛標籤幾個人就標籤幾個人。」

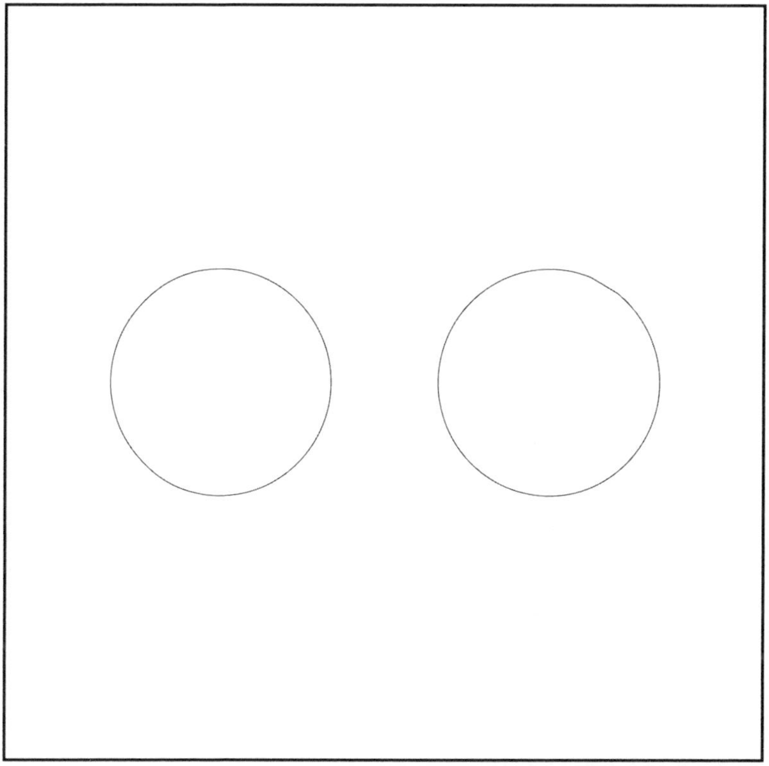

關於機車／

「你還記得你那台機車嗎，你第二次見到我的時候，坐在那機車上一副不在乎的神情。」

「妳怎麼今天早上，忽然想起我了。」

「你就回答。」

「喔，那是第二次見到妳，那個下雨天，我騎著機車剛好經過妳的背影正要下地鐵站，我就往我猜想妳要去的站騎去。我一路趕，雨下得世界都模糊了，心裡想著妳到站了一出街上的時候會遇見我，

妳一直以為我好像並不在乎，

其實誰說我不在乎。」

雨中擠擠／

「外面下大雨還是小雨？」

「都不是，如果妳要出去，這是我們一起淋的雨。不出去，這是我們一起躲的雨。遇到妳之前，這是我們分開著一起等的雨。」

當個空姐／

「如果長大了，
或許，
當空姐環遊世界。
如果長胖了，
制服，
彎腰，
會看到折出好幾層。」

對折／

「肉對折了。」

當顆肉包／

「妳是一顆包子，
妳不是一顆包子。」
「妳是一顆包子，
妳不是一顆包子。」
「妳是一顆包子，
妳不是一顆包子。」
「妳是一顆包子，
妳不是一顆包子。」
「妳是一顆包子，
妳不是一顆包子。」

「妳是一顆包子，
妳不是一顆包子。」
「妳是一顆包子，
妳不是一顆包子。」
「妳是一顆包子，
妳不是一顆沒人愛的包子。」
「妳是一顆包子，
妳不是一顆包子。」
「妳是一顆包子，
妳不是一顆包子。」
「妳。」

當一回雨／

「總有一天，
下雨天，
妳抬頭打了哈欠，
我剛好下到妳的嘴裡。」

「然後，
竄遍了妳，
對妳好的我留下來，
多餘的我，過一陣子離開妳，
妳再把他沖掉。」

一生星座上升／

「當天她生日，
我高興得哭了。」

「因為如果她沒有出生，
我都不知道我活著幹嘛。」

「一個人，
咦，
那是什麼，
毛，
鼻孔有毛跑出來。」

脫離了圖的文和沒有他的你有些抽象／

一、

罐頭打開來是一隻鳥，我捨不得煮牠，和牠相處一陣子牠一直看著天空，或許最後的疼愛是手放開，我開了窗，牠站在窗台回頭看了我一眼，飛走了，我們以後都或許會過得更好。「再見。」

二、

「每一次我經過一個屁股，每一天都有可能是昨天或明天，每一秒你都有可能是自己或別人，每一次你都有可能沉默或起身反抗，每一秒前可能你認同或不同意的自己，每一步你正要走完，每次經過一個屁股的那兩步，每一步都是可能或也許下一個屁股。」

三、

拿一個日常的事來比方，「好比說，我的臉是我的臉，妳就是我臉上日常的叉子。」我喜歡妳這樣跟著我，隨便我帶妳到哪裡，我的臉慢慢貼近，明天也慢慢地慢慢清晰。

四、

「你叫啊，

你叫破喉嚨也不會有人聽到的！」

五、

「你一個人在那邊還沒睡嗎，它也是。」寂寞和丟在路邊是不一樣的塑膠袋，個展。

六、

女人早上發呆有二種，
「一種早上沒有被閃電擊中，
一種早上有被閃電擊中。」

七、

法式昂首蒜片鹽酥雞左胸佐冷冷的醬油「在寂寞的飯上胡亂的拍。」

八、「好舒適的寂寞。」

九、

睡不著想了3天，可以喜歡的其它女生，前5名名單「微調。」1．Hebe、2．安心亞、3．舒淇、4．舒淇、5．舒淇。

十、

現在你跟那個愛你的人在一起了。「原來那個寂寞的你還好嗎？他在哪裡。」

「一個人，
妳放了一個屁。」

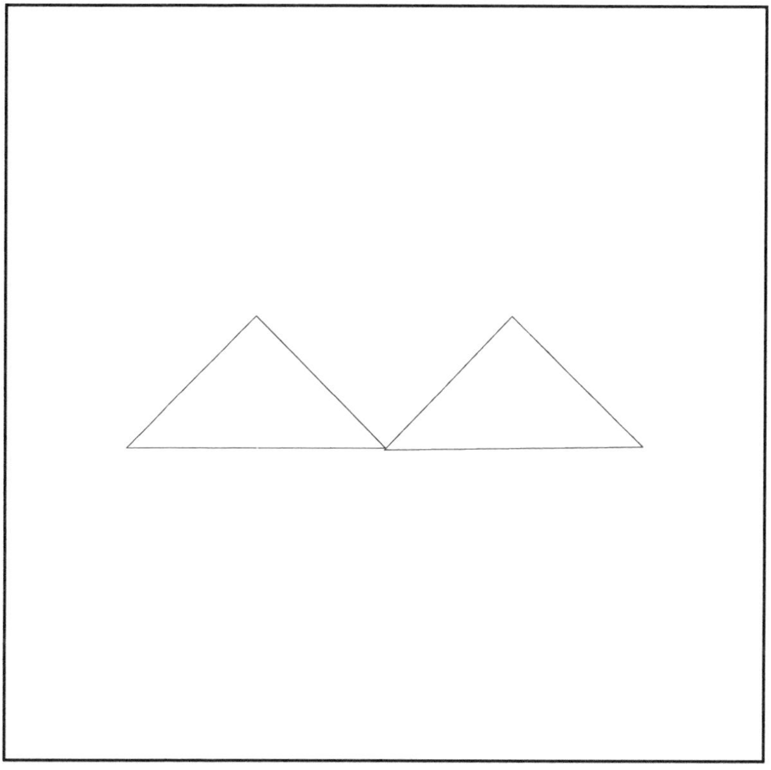

內容、二／

「你還醒著嗎。」

「鬼也是。」

「但是你們並不應該怕對方，

因為，

你們一起怕的是孤單。」

慌肉／

「其實肚子上的贅肉都有衣服遮著，只要妳自己的眼神不要慌張一直低頭看，妳也不要原地跳，沒人知道那肉在那裡。」

對不起／

「她生氣是因為你因為她生氣。」
懷疑了你對愛的堅持。
她生氣是因為，「你還學不會不讓她生氣。」
無法體會你對愛的努力。

她生氣因為你可以讓她生氣，
「我愛妳。」

她生氣算是一種正當防衛，
因為愛情的少尉一直質問她「為什麼生氣。」
她生氣是因為你誤會她庸俗，
只是天上的星星不說話「她怎麼會買這麼少雙鞋。」

「她生氣因為她是皇后。」

但是你弱小到不知道怎麼經營自己的王國。

她生氣因為你可以讓她生氣，

「是一種接近幸福的驕傲。」

她生氣是因為她朋友先被帶去看到剛開的櫻花然後 Po 了 FB 先，「關於你的白癡。」

她生氣是因為，

「她天生會哭，會購物，會愛美，會結婚，會生小孩，會簌雞腳。」

「她生氣是因為她已經因為愛而勇敢了太久。

她自己也不知道在勇敢什麼，

然後你還不洗澡。」

她生氣，

是因為「男生真的很笨又沒有秘密花園。」

她生氣，

是因為「當前女友比當男生更笨。」

她生氣是因為「女人天生是對的！」

然後全世界有這麼多女人都是第一名她壓力真的很大。

她生氣，

是因為「她真的生氣了。」

她生氣是因為如果不結婚好像她沒人要，

然後她們本來寂寞寂寞就好，

「卻！」

「她生氣是幸福唯一的可能。」
你又一直以為是安靜的一起看電視。

嘴角的肉不贅／

「二個人妳胖了，
是幸福、彩虹、嘴角的笑。」

一個人胖了妳就是胖了，
是贅肉。」

內容、三／

「你知道，女人從小就會開始想像自己是新娘的這個身份穿著白色的禮服，好美，以後真的結婚被人家羨慕。可是，就算是這樣，也沒有一個女人能自己單獨辦一場婚禮。好像這一切必須跟一個男人有關才成立，總是這樣，迷戀一件禮服和一種美麗的意義，就要花個幾十年，還一定要等人家找妳。然後放個屁都在一起。」

「等我結婚了，我就要每天早上在棉被裡放屁，然後讓他吸，讓屁溶到他的肉裡去。」

「你以為單身的女人是因為貪圖自我、自私的養成懶惰生活的習慣。跟你說，在真的遇到他之前，我們不敢做自己，一個是因為總覺得或許自己能調整成一個讓人喜歡的可能。還有就是我們要在最安全確認的狀態，才敢放心的讓自己陪你看流星，因為對的人只有一個的話，我們是不斷地冒著背叛的可能。如果注定的人不是你，第一次親嘴就是出軌，第800次親嘴，我或許才敢放心地相信這就是那份應該相遇的愛情，這樣才敢把保鮮膜打開放出那個一直保護著、躲著、完好等著你的我自己。」

「一個人，
妳居然，
真的自己跟自己說了一句話。」

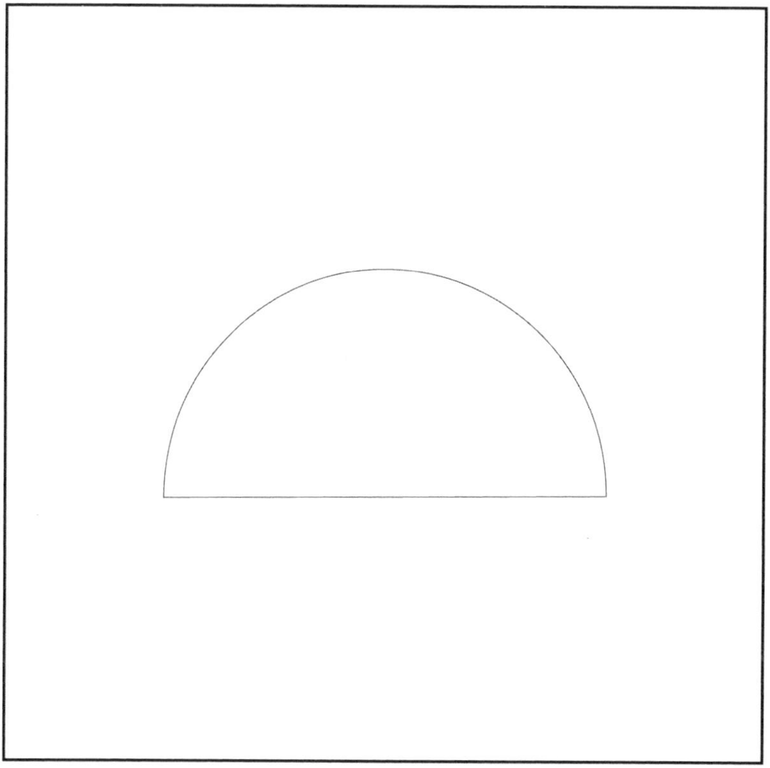

流星／

「身邊都是愛你的了，
可是心裡一直惦記著的卻是沒跟你說我愛你的。
人啊，
就是補一塊掉一塊的，
弄不完整。」

不哭／

「我好像沒看你哭過。」

「因為我喜歡看妳笑，
這讓我沒有時間去想我活著，
還有哪裡值得難過。」

存在、一／

「你常回想自己一個人生活的時候嗎？」

「沒有，灰塵是沒有記憶的。」

存在、二／

「2016年2月26日那一天晚上，我約了她晚上9點30分在台北車站，說好，如果她還要我，就來找我，我就留下來。如果她沒出現，我能給她最後的疼愛是手放開，我會搭第693車次第10到12車廂的自由座回台南，離開她遠遠的。」

「存在的內容，其實都是因為我們內心在到達、離開之間，清晰的理解自己旅行的原因和故事。」

接到了妳／

「現在想起來也很驚險。那天，我去機場接了妳。如果妳朋友找了別人、我沒有跟妳朋友變成同學、我過馬路多闖了幾個紅燈、她出門前決定多整理一下頭髮、那天剛好早上上課前沒遇到她一起排隊買咖啡知道妳的消息、妳突然決定不來了、飛機墜毀了。妳是從十萬八千里以外，經過二十年的所有過程，整齊地在那一瞬間最後一公分也沒有差別的，落到我的一生裡。」

「就是說起來很難理解，人的感覺。有的時候會有二個人，互相看了一眼，就一輩子沒再見過了。有的時候會有二個人，互相看了一眼，他們就開始分享這個世界上所有的空間了。那天妳從機場通道跟一群人一起出來，我先看到妳一眼，然後妳被前面的人擋了一下，我就心跳一下感覺好像失去了妳，心裡一點都沒有準備，然後我又沒有失去妳。」

真愛／

她從來沒有罵我，是愛我，所以犯錯了就提醒我，是為我好。「她很漂亮又聰明大方。」

冰糖燕窩或桂花蓮子湯／

「包子或白痴是形容男人。女人是玫瑰花，如果一定要用食物的話可以是冰糖燕窩或桂花蓮子湯。謝謝。」

「一個人，
妳就可以要用再洗自己昨天用的碗。」

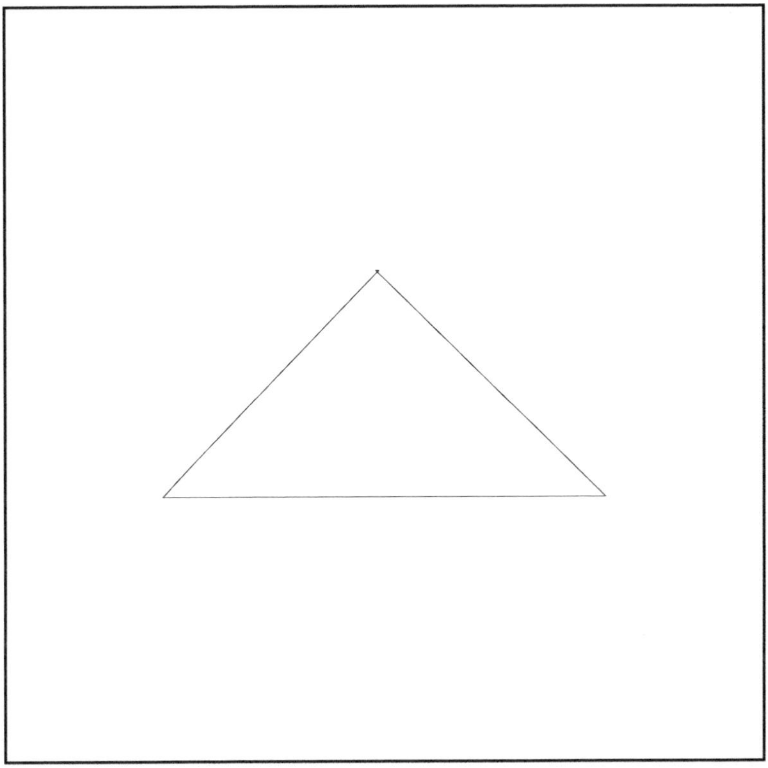

不停止的相遇／

晚上一起去超級市場。我讓她先逛著，我在外面抽菸，「妳手機不要靜音我好找到妳。」我抽完，進去經過了幾個走道，正要撥電話，一轉角，餘光就看到她，在那兒。「你怎麼知道我在這兒？」「我想，二個人會相遇，一輩子都會不停的遇到。」

一直到一個肩膀的距離／

「下雨，我們已經習慣了一起撐一把雨傘。我們原本都有自己的雨傘，只是那天我們都知道不如收起她那一把。我們二個都知道是一直生活在一起，只是之前的空間是一個世界那麼大。那天，我們都知道自己好險的相遇了，近到了必須放棄一個肩膀讓它去淋濕的那個距離。」

紐約的風，吹過小腹、贅肉，
和太平洋的原本那邊。／

「那天下午，
一陣紐約的風都吹到了我們的臉上。
那時候還不知道，
是我們開始分享的第一件東西。
也不知道，
然後，
我們就要開始分享所有的空間，
和裡面所有的東西。」

「有的時候，
二個人看了一眼，
就一輩子不再見到。
有的時候，
二個人看了一眼，
就一起活了一輩子。」

「隔了那麼遠的一陣風，
誰知道什麼時候會吹，
都過了太平洋的另一個邊邊了。
好驚險，
差一天、差一秒、差一個人，
就是不一樣兩個人，吹了這風。」

「根本不會知道自己什麼時候會錯過什麼，
是錯過的本質。
害怕，是無知的本質。
想追求一點點確定，
因為一個人的人，
從來不知道自己在哪裡。」

「後來紐約吹過了好多年好多次的風，
多到，我們有的時候甚至還會一起躲掉浪費掉。
有的時候又先吹過了我的臉，
心想，
算了算妳存在的位置，
會多久吹到妳臉上，
什麼都不會再錯過的確定。」

「吹過，牽手。
吹過，早餐。
吹過，剪壞頭髮。
吹過，你在哪裡。
吹過，吵架。
吹過，你的幼稚。
吹過，結婚。
吹過，小腹、贅肉。
吹過，好遠好遠的太平洋的原本那邊。」

「這麼驚險的遇上了，
哪敢離開。
所以以後的每一陣風，
都確定二個人能吹到，
是確定什麼都沒再錯過，
的安心。」

「要是沒分享，
那一陣風。
想一想，
然後心揪一下又不敢想，
她是跟另外哪個人在吹風，
一切都不邏輯的突然。」

「就那一個下午，
吹到了，
隨意的亂吹了一陣的，
紐約的風。」

誤會了自己／

「單身的人會怕胖，
是因為身邊少了一個人，
讓她的胖，
不能呈現幸福的模樣。」

火星／

「世界上最遙遠的距離，

就是你的手指離鍵盤只有 0.3 公分，

我卻收不到你傳來的，

我愛妳。」

「一個人，
妳，
自己想到一個什麼笑了。」

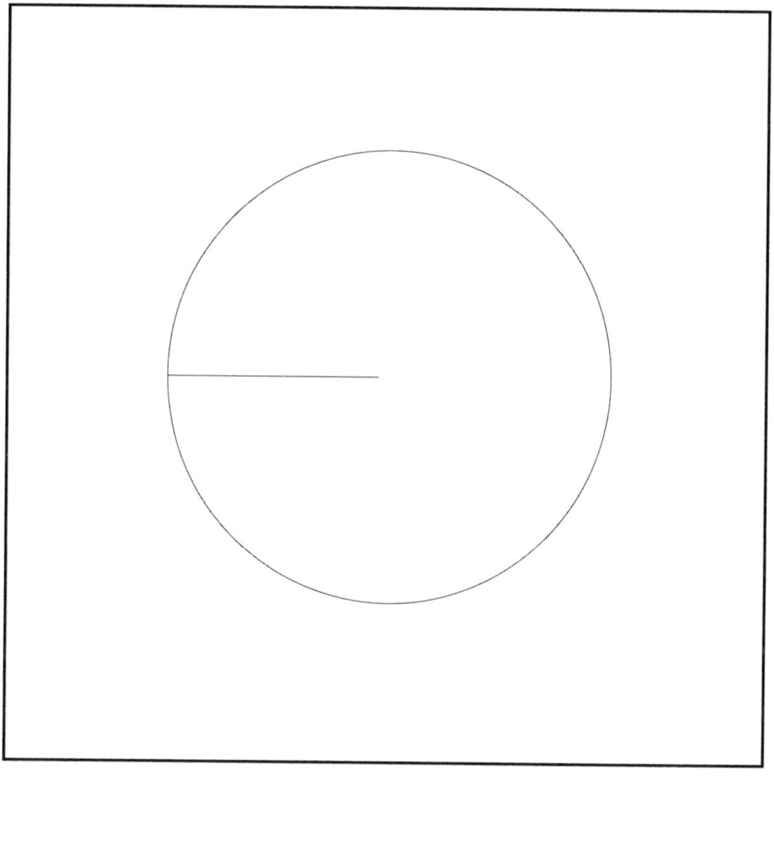

詩意／

「單身的人，
是世界上唯一沒人餵食還會變胖的動物。」

岸邊／

「從來不是在漂流，一直都是在漂到一起的路上。」

形式、一／

「你不要傷心，
如果你真的很難過，
那是因為你懷疑自己遇上了一次愛情。
其實，
你只是遇上了一個壞人。」

單身是一首詩、三／誰是破喉嚨

「妳再這麼愛我，我就要叫了！」

「妳叫啊，妳叫破喉嚨也不會有人聽到的。」

妳是鍾楚紅／

「那你為什麼會來接我。」

「妳朋友跟我描述了妳。她說，妳那年會決定隻身從香港到紐約讀書，是為了比妳先來美國的男友。但是妳美麗驕縱不願意取消飛機，說妳來自一個富裕的家族，妳第一次摔下馬的時候，同年齡的人還沒有自己叫過計程車。長大的過程裡妳沒擔心過事情，所以幾乎也沒學會生氣。」

「生氣這種東西，是在不滿足的生活裡才學會讓自己逃避可憐的一種情緒。加上妳又幸運的天生長得漂亮，這樣一來，未來幾乎沒有什麼是妳需要去爭取的了。這樣的天生條件，讓妳不會只想到妳自己，養成了會常常觀察別人生活細節的習慣，喜歡問問題。她託我這個在紐約混唐人街的學生到機場去接妳，幫妳安排初展開的生活開頭。」

「但是她提醒我，怕我們兩人的生活方式、思想根本不同，盡量讓著妳一點。而且秋天左右妳可能還要被家裡安排接受遠地的一份新工作，不用照顧妳很久。」

「好險！」

「是啊，好險妳後來秋天沒有離開我。不過，如果真發生了，在多年後，妳還是單身舊地重遊時，發現我自己替二個人實現了夢想，事業上有了成就，在中國城的河邊買下了那間紀念兩人第一次吃飯的餐廳，第一次餵飽妳的地方。妳看到，就流下了眼淚，因為這麼長的時間之後，妳卻發現其實從沒離開我，妳只是不知道為什麼這麼熟悉的，又和我相遇了一次。我們在以前的夢想重逢，還得到第七屆香港電影金像獎最佳電影獎、最佳編劇獎、最佳攝影獎。」

「所以不管如何，在你的每個現實裡，最後我們還是會在一起？」

「嗯，

其實這世界上從來都沒有二個人，

只有二個一起存在的一個人，

只是什麼時候這二個人會遇上。」

內容、四／

「我是不懂啦，
但是我又懂了，
因為我懂了為什麼之前我不懂。」

夜未九／

要是我在年少的時候看得見洗碗槽的絢爛，

我就不會一個人流連在七彩霓虹的夢想裡了。」

「一個人，
妳可以半夜還醒著，
只是妳還是一個人睡不著。」

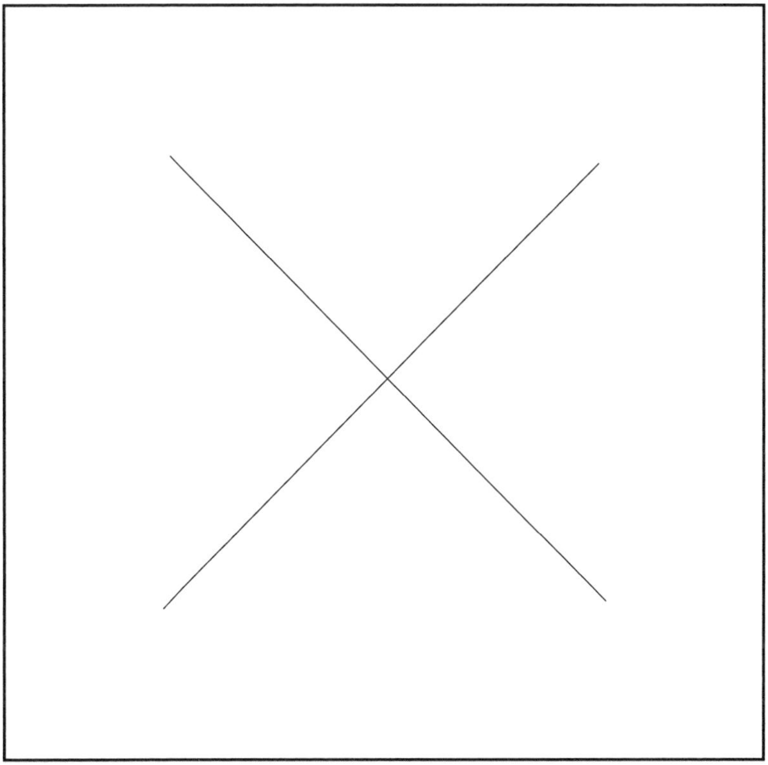

存在、三／

「世界上最幸福的是，一直有個地方讓你想要回去。
所以，
你永遠不會失去自己的方位，
不論你在哪裡，
都不是漂流。」

2016/01/03/

「我們決定，
要去一個沒有網路的地方生活，都不刷FB，
然後一起急死，
難過死，
的浪漫。」

冷戰／

「我好像一小坨水龍頭一沖牙刷掉在洗臉盆的牙膏、
一杯喝一半涼在桌上的咖啡、
一條丟在洗衣籃沒洗又沒被穿的內褲，
一條就快要被擤到衛生紙上的鼻涕。」

「我好急著要跟她說對不起，
我錯了，
我對不起我怎麼會在愛情裡不自量力的想還手。」

「我再也不敢了，
我愛妳。」

「我要變回被從洗臉盆沾回來刷的牙膏、
被微波又喝的熱咖啡、
被洗完香香連穿三天的內褲、
被從鼻孔吸回嘴裡，
又吞下去的鼻涕。」

銀河／

「人生的旅行，
讓我體會到，原來，一直看著大自然真的很無聊。」
「好險，旅程裡我還有她，
她好漂亮喔，
而且旅程裡我還可以一直看著她，
她還一直跟我說話。」

愛像什麼／

「就像明天一早就被逼著嘴臭著說我愛你，
就像幸福到大便沒衛生紙都有人拿給你，
就像不用想起自己的你。」

從我愛妳這個角度來說／

「你那顆是豆沙的嗎？」

「是。」

「給我。」

「好。」

「我這顆是花生的不好吃，給你。」

「好。」

愛上他也一樣／

「通常做自己有天份的事情，會自然地反應出無聊覺得容易不專心卻又隨便的結果很棒的情緒。如果你常常很投入又超細心在乎每一個細節的感動著，或許你就不該再勉強自己做那件事情了。」

林夕／

「不要讓30歲變成過得太快的20歲，不要讓40歲變成沒有完成的30歲，不要讓18歲變成永遠要靠慢跑去找回來的一地心碎。」

窗外頭／

「你現在出門還會看街上的女生嗎。」

「會啊，只是現在困擾的是，我一看就會想到妳，看到一個就想一次。」

「一個人，
泡麵要加兩顆蛋都可以。」

尬的／

如果妳要嫁給自己，妳會最喜歡自己什麼。……

「天啊，妳剛剛真的想了嗎？妳哭了嗎？」

論有用／

「剛剛我說了一句話，
她笑了，
那一瞬房間都亮了，
我覺得我好有用喔。」

再別康橋／

「大半夜了，妳睡了嗎？如果還沒，妳待會兒睡著有人會知道嗎？如果沒有，那妳不如就一直醒著吧，不用覺得很晚了，沒差別的。」

林瑞陽／

「你跟我結婚到現在還愛我嗎？現在是你想要的生活嗎？」

「我還是跟妳老實說好了，其實我那時和現在都沒有想過

我們未來的生活要有什麼，

我很自私！

我只是一直不能沒有妳！

對不起！」

為妳帶來一首／

「你還沒睡啊。」
「妳也沒睡啊。」
「你要睡了嗎。」
「妳先睡。」
「我先閉眼睛會想妳，反而睡不著。」
「那我先睡。」
「那妳一先醒就叫我，我不要隔很久。」
「好。」

小摩、小摩！／

「我不想吃很多。」

「好。」

「你要不要點這個。」

「好，我點了然後分妳。」

「然後你再點這個。」

「好，妳也可以吃。」

「甜點你要吃這個嗎。」

「好，我會要二個叉子。」

「你這樣會不會吃太多。」

「不會，我愛妳。」

地球只有一個／

「愛情，
是在你死之前，
唯一活著值得幹的事兒。」

存在、四／

「走，
我帶妳，
回我家。」

確定／

「可樂要冰，
一起指的流星，
妳看著我的眼睛。」

「一個人，
有的時候不是一個人，
還會怕，
怕兩個人又只是有的時候。」

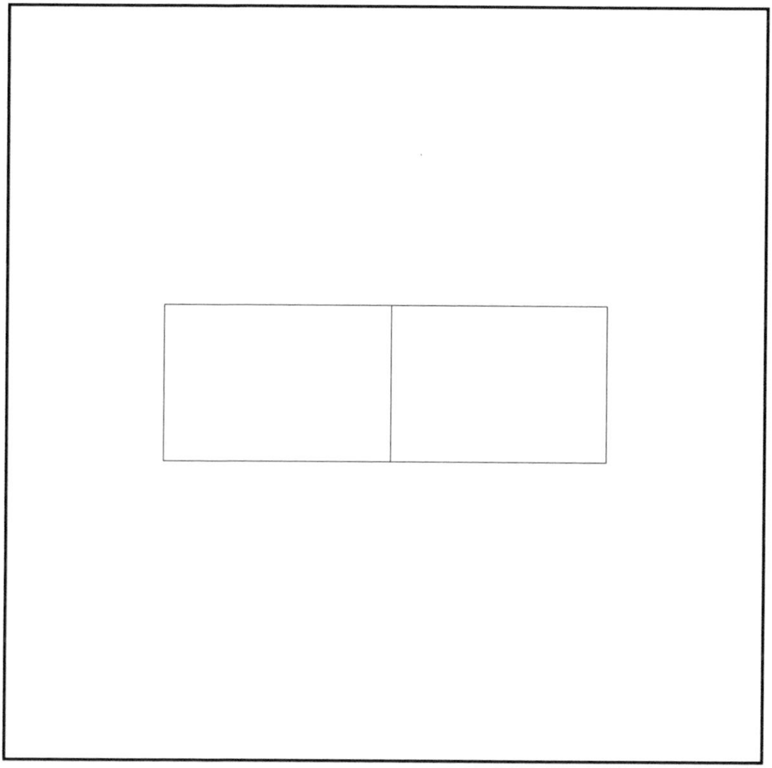

2015年五月那天／

「我出去買宵夜。」

「我不願讓妳一個人，一個人在人海浮沉，我不願意妳獨自走過風雨的時分，我不願讓妳一個人承受這世ㄐ一……」

「你有沒有聽到啊，我要自己走出去了喔。」「剛剛妳音樂開很大聲我沒聽到，我去買就好了，妳要吃什麼？」

物理／

「都是你提著，會不會重。」

「不會，如果有個夠大的袋子，我想提著的是妳，那些水果和蛋自己去地上滾著，妳是我的了，憑什麼地心引力一直吸著妳。」

就是喜歡我現在的樣子／

「你為什麼會喜歡我啊，你喜歡我哪裡。」

「我可能是一個比較自私的人，妳不要生氣，我一直最喜歡的，是我在妳身邊的樣子。」

睡眠／

「我們遇見對方之後，她每天就很放心睡在我旁邊，也不怕危險，然後一直都在，都沒有走。」

紫薇！紫薇！／

「但是很久以後，
我發現，
現在沒有經過她的同意買的可樂不好喝。
天殺的，
這到底是怎麼一回事。」

蘿田／

「大半夜的。」

「她睡在我旁邊，嘴巴張開開。好怕她渴，可以倒水進去嗎，然後用她來種什麼？用她來種什麼？」

翁立友／

「就算我經過一條河，看到有人掉到河裡，只要妳沒跟她一起掉下去，我也不救她。」

前女友／

「我結婚之後是不是變得沒有吸引力了。」

「妳不要覺得我冒犯妳了，或者我越過了道德的邊境走過愛的禁區。雖然妳不是我的女朋友了，但是其實妳成為人妻之後反而更讓我想纏著妳不放。」

更多更詳盡歌詞 在 ※／

大半夜的，還是要安慰一下，「其實一個人並不是全慘的。」一個人比較接近宇宙的自然能量比較美。像是，一個人以後就會失去聽五月天的歌流淚的自然能力。

形式／還是我是 Zhang Ailing

「就算我們一輩子沒遇上，
妳也不要擔心，
因為我們依然是注定的，
最多我們只是把另外的人，
當成了我們來愛。」

「一個人，
就不會有人會跟妳吵架，
讓妳傷心。」

內容、五／

「你為什麼一直想要大螢幕電視。」

「這樣我就可以更清楚的，在我們二個人的世界裡，看著外面可憐、孤單、慌亂又真實存在的茫茫人海。」

「我知道這樣不好，但是我的確有點得意忘形自己因為妳而幸福的樣子。」

流浪記／還是我是 San Mao

「我想做自己，
是從妳喜歡我開始，
之前那個叫做流浪。」

神經質病／

「沒有辦法忍受愛情的回應如果不是，
像光線反射，
角的等於精準路線。」
愛情的直。

「沒有間隙，
沒有多餘，
沒有空一行。」
愛情的內容。

「沒有辦法避免，
因為他喜歡妳，
所以，

他在娶到妳之前是不會死的。」

愛情的規則。

「沒有未來，是一直持續的現在。

所以只有現在。」

愛情的時態。

「沒有照後鏡讓妳看到他，

他開始偷看妳的時候，妳不知道。」

愛情的開始。

「沒有可能他就是他，

這麼多的人，只有一個可能是那個他，

怎麼可能剛好遇上他。」

愛情的偏執。

「沒有辦法不害怕，
他消失的可能性。」
愛情的決定。

「沒有那個人，
就沒有。」
愛情的存在。

「沒有別的可能，
至少要相信一次。」
愛情的存在。

「沒有別的可能，
有可能相信到第三次，或下次，
就可以證明。」
愛情的存在。

「沒有辦法反過來，
妳必須做最後決定，
責任都是妳的，是妳要說我願意。」
愛情的形式。

「沒有預警，
不要以為妳有多好的防備，
不要以為妳有萬全的準備，遇上。」
愛情的少尉。

「沒有帶雨傘，
下著雨一起淋雨。
沒有帶雨傘，
下著雨單獨淋雨。」
愛情的劇情。

3／

「原來，
一個人就是旅行的意義。」

台北／

「妳看緣份真是難說，我們過了20年，今天也就是一個晚上，還坐在對面聊天。」「有的時候緣份真的是一件很讓人無法的事。就好比說，台北這麼小，包偉銘出道40年了，跑跑跑聽過8萬遍，妳說，我住了一輩子就沒遇上他一次本人。」

細天黑黑體／

我們都很清楚，在自己最需要的時候，我們都會出現在自己的身邊，陪著自己。

摩摩！摩摩！／

「一片雲、
一朵花、
一個波心、
一陣雨、
一個早上、
一個馬桶，
二個人輪流。」

「一個人，
妳又在等，
等他，
又知道自己錯了。」

海爛／

「其實，每次吵架我都知道錯的都是我。因為，我請她嫁給我的那一天，她是開心的，沒有生氣。」

進化了的猴子／

「我發現，我不會一個人吃飯了。
因為，
如果妳不知道我餓了，
食物還有什麼意義。」

存在、五／8月12日15：20雨

好大的雨，把週遭都打散了，我在傘的範圍裡，好像突然擁有了自己十分鐘，但是時間雖然有些短暫，她的笑卻填滿我心中所有的遺憾。

存在、六／10月7日10：40晴

「好安靜的晚上。」

「妳有話要跟我說嗎。」

「沒有。」

「也沒有什麼要罵我。」

「沒有。」

「那妳到底還愛不愛我。」

天殺的我真的需要妳／

「對了，我也要問你想要什麼。」

「噓～我不許妳這樣胡思亂想，妳怎麼會不知道。我第一眼看到妳，想要的就只有妳，要有妳的每一天、要有妳的幸福、要有妳讓我的存在產生了意義。」

我的星空妳的名字她沒有／

「你看，有顆星星好亮。」晚上天氣好我們約了走路回家，「那就把它取妳的名字吧。」「哈哈，你討厭。」「對！你真的很討人厭，你們已經有對方了，現在連這顆星星也是你們的。我也看到它啦，我不是誰的，我看到的星星也不是我的，我就自己是自己的。」一個在我們後面走得很近的陌生人說完，推開我們沿著人行道跑走了。

餵食／

「愛她，就是讓她一直吃一直吃，

我就是嫌自己沒顧好她，把她養得太瘦了。」

歐陽妮妮的姑姑／

「今天星期天我們要去哪裡。」

「不要急，今天紫外線超標，我們已經是二個人了，不管在哪裡，我們都是在這個世界裡一起去哪裡的路上。」

歧視／

「大半夜的，有人醒著嗎。在醒著的人裡，房間只有自己一個人的女人，最累。」

「一個人，
妳會發現，
其實妳都是對的，
妳好成熟。」

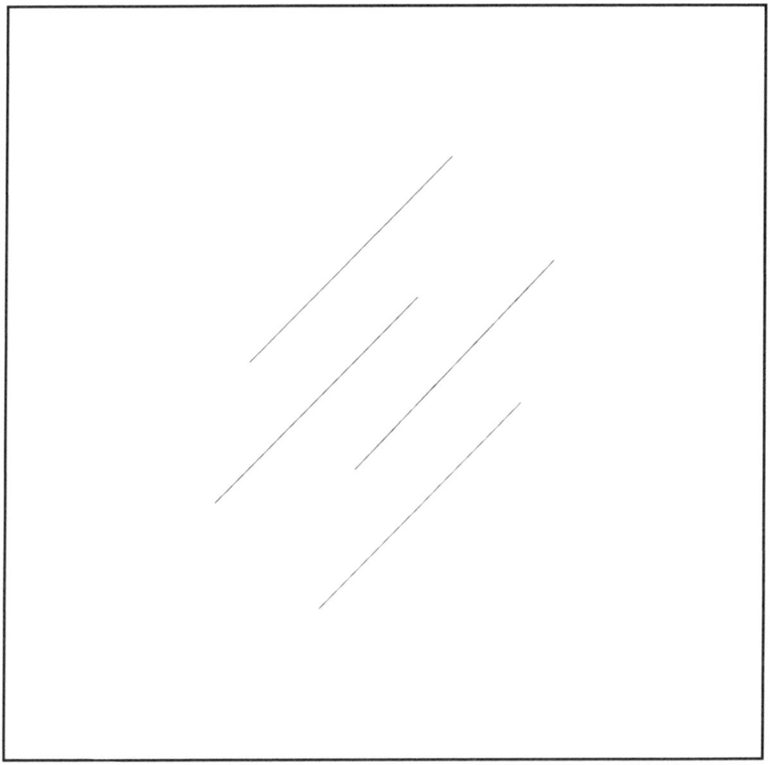

咀嚼不是吃／

已經第二天了。我一直只有一個人，我想喝咖啡沒有去買，我好像要吃東西又好像不想，我經過了一面鏡子只看到我自己，我就一直坐著又站起來，我不知道，我好像突然看得見時間的線條。「怎麼會，這個世界上她還有其它地方要去。」

那天／

我不知道，我一直不覺得我是愛上她，我就是突然遇到她，然後有一天早上一起醒過來，然後覺得本來每天就應該這樣。我沒遇到她的時候不知道怎麼想她，但是第一天遇到之後，每次一分開就會想她，好像現在看著螢幕打字，視線裡沒她，就突然好想她。

「什麼是愛情我從來不知道，我只是好險遇到了她。」

荒唐／

「你那時候怎麼會追我，你是喜歡我什麼。」

「我不知道，我那時候只是想如果可以，我用盡力氣的也要在妳身邊找到最舒適被限制住的姿勢。

因為，

我看到妳之後，

就開始莫名的害怕，

害怕自由的空間和時間這種讓人荒唐存在的因素。」

義大利或是意／還是我是 San Mao

「你不要用通俗的眼光把每個女人都歸類成她們，每一份愛都有自己原本的樣子，義大利麵在義大利就叫做麵，浪漫個屁，一盤一盤就是不一樣味道。每一個我們，因為愛了其中一個你們都是背叛了自己，不要女人女人的叫我們，你一個一個看細一點。沒有，還沒有人娶我。」

聞妳／

「我從認識妳的第一天，
就開始祈禱突然下好大的雨。
因為大雨，
可以把世界模糊關掉，
可以把妳困在我身邊很緊，
讓我聞著，
妳說話的味道。」

B面第二首小夜曲／

大半夜的，我突然睡夠了，醒過來覺得好滿足。可惜人類發明了白天，亂了幸福的節奏。

太美／

「她，
花，
我吸花粉，
浮誇般大過敏，
然後上了癮。」

組曲／

「晚上記得幫我買回來。」

「會。」

「你確定。」

「我這一生只確定四件事，

星星、

月亮、

太陽、

我愛妳。」

法海來了妳現形／

愛情在夏天的問題是，
「衣服溼溼的，
就會黏出，
女生贅肉的形狀。」

不然漂流／

「二個人才會固定了一個空間，
有他的左邊妳的右邊，
或是妳的前面和後面。」

「一個人，
未來，
是，
現在。」

離心力的逆襲／

「離開的時候，
幸福走得最快，
但是它留下的贅肉，
卻一直在那兒糾纏。」

存在、七／

「時間在一個人的時候，
不是很明顯，
沒有計算的根據，
也可能根本沒在動。」

存在、八／

大半夜的，
我把鬧鐘調到3：30。
響了，
她醒了。
「現在起來幹嘛，怎麼了。」
我去煮了她的酒釀叫她起來吃下去。
「沒事，我只是覺得，沒有一個女人應該每天在半夜就消失了。」

妳說清楚啊／

「妳到底多少次經過我身邊，我卻不知道妳愛我。」

三餐一生／

「早餐，
睡了好幾個小時沒見面，都陌生了。
有好多話要在出門前的餐桌上，好好的聊聊。」

「午餐，
可能因為工作的地點不一樣，要自己吃，
因為然後還要支撐自己一個人活著一段時間。」

「晚餐，
有個地方可以回去，
或是有個地方要去跟他在一起，
一起吃的，
慶祝又在一起紀念日。」

堅強的肉圓／

「但是肉圓無法做任何事讓自己被喜歡，所以只要活著。」

「肉圓知道，就算隔壁那顆肉圓都討厭它，它和它還是永遠不相關的肉圓，但是這不影響它愛左邊那顆肉圓。」

「所以，

好好的當顆，

肉圓。」

在一起／

「不一個人傷心了，
就沒有眼淚消耗熱量，
肉和他，
是一起的，
眼淚不是。」

確認我在的方法／

「妳看左邊。」

「要看什麼。」

當她從什麼都沒有的左邊回過頭來，

她就會發現右邊有我。

鄉狼金桃

作　　者：張天捷
裝幀設計：王美麗
行銷業務：張瓊瑜、王綬晨、夏瑩芳、邱紹溢、李明瑾、蔡瑋玲、郭其彬
主　　編：賀郁文、王辰元
總 編 輯：趙啟麟
發 行 人：蘇拾平

出　　版：啟動文化
台北市105松山區復興北路333號11樓之4
電　話：（02）2718-2001　傳真：（02）2718-1258
Email：onbooks@andbooks.com.tw

發　　行：大雁文化事業股份有限公司
台北市105松山區復興北路333號11樓之4
24小時傳真服務（02）2718-1258
Email：andbooks@andbooks.com.tw
劃撥帳號：19983379
戶名：大雁文化事業股份有限公司

初版四刷 2019年9月
定　　價 300元
ISBN　978-986-92348-7-0

國家圖書館出版品預行編目（CIP）資料

鄉狼金桃／張天捷著. -- 初版. -- 臺北市：啟動文化出版：大雁文化發行，2016.04
面；　公分
ISBN 978-986-92348-7-0（平裝）

848.6　　105003928